흔적 기관

김진솔 시집

흔적 기관

달아실기획시집
26

달아실

보조 용언과 합성 명사의 띄어쓰기 등 본문의 맞춤법은 시인의 의도에 따른 것임.

시인의 말

숨 쉬는 것이 잘못 같지 않은 나날들이라서 다행이다
흔들리지만 위태롭지 않은 마음에 대해 이제는 조금 알아

뼈라는 글자가 목줄처럼 붙었다면
그건 더는 꼬리나 날개가 아니니

나는 이제야 사람이다

있었다가 사라진 것들이 아쉽지 않을 때까지 기다리면서
고요하지만 즐거운 축제처럼 아주 오랫동안 살 것이다

2023년 7월
김진솔

차례

흔적 기관

시인의 말 5

1부. 나는 허공의 황야와 저 바다가 입맞추어 낳은 숨

고래 사냥 10
위령제 12
무덤꽃 15
둔갑의 정원 18
입석 20
흔적 기관 22
잘린 혀의 미식가들을 위한 송가 24
전지구적 호흡법 26

2부. 세계의 파편을 주워 모은다 도로 붙일 수 있는 것처럼

접목 30
우리 친구 유리컵이 잠들었도다 그러나 내가 깨우러 가노라 32
추수감사주일 35
이십일 세기 천지창조 38
탕아의 밤 41
다비드 44

3부. 자주 깨물어 피가 나는 곳이 나의 급소입니다

이제 나에게 남은 것은 껍데기뿐이다 48
미각 상실 50
고드름이 열리는 호숫가에서 53
시한탄 56
어떤 양육 58
소등 60
네버랜드 62
부두에서 64
거짓말 운동회 66
내가 물 위를 걸어야 68
기형 생존 71
짝꿍 74
해바라기 76

4부. 사랑을 발음하면 넌 나 모르는 곳으로 사라질 것 같아

심장의 모양을 사랑의 증표로 처음 쓴 사람에 대하여 80
금단 82
방주 85
십일조 88
요단 90
탯줄 94
철길 위의 사랑 97
숨바꼭질 100
동트는 수수밭 102
깜빡깜빡 106

해설_ 타나토스, 죽음 혹은 세계의 끝에 대한 사유 · 오민석 108

1부

나는 허공의 황야와
저 바다가 입맞추어 낳은 숨

고래 사냥

인간은 물로부터 왔다
작살을 처음으로 발명한 자는 그걸 까맣게 잊어버렸을 것이다

고요한 바다를 바라보고 선다 목마처럼
저기 어딘가에서 지금도 사냥이 한창이리라
파도가 덮였다 밀려날 때마다 발밑이 서서히 꺼져드는데

맨발등에 올라앉은 소금 거품이 가쁘게 숨쉬며 부글거린다
무언가를 예고하거나 도망치기를 애원하듯이
때맞춰 찰랑거리는 수평선 위로 피어나듯 번지는

붉은 원

그 밑에서부터 끓어오르는 긴 울음이 있다
주제를 모르는 피조물들을 전부 없애고 새로 지으라는 계시
거대한 몸체는 천천히 뒤집힌다 흰 배가 열리고

꿀럭이며 퍼져 나가는 저주

이제 잡혀 죽는 것은 너희일 거야,
그 목소리를 따라

물로 된 장벽이 천천히 걸어 나오고
검게 반들거리는 비늘과 아가미의 군대가
파도를 앞질러 터지듯 쏟아지니 비로소 전복의 순간

손쉽게 사냥당하던 목숨들이
붕괴되는 수평선을 뒤로하고 전진하는 광경
이제야 공평하다

뒤집히는 세계를 맞이하기 위해
성문을 열어젖히듯 두 팔을 벌린다 이제 전부 쓸려가고

나도 왔던 곳으로 돌아가리라
물로 뒤덮인 세계에서 작살은 속도를 잃을 것이다

위령제

맨발로 호수에 뛰어드는 나를 보고 너는 깔깔 웃었다
그 소리가 흑고니의 물장구 소리 같았다

어떤 물새는 깃털이 빳빳하고 날개가 힘세서
아무리 오래 헤엄쳐도 몸이 젖지 않는단다
제 새끼를 업어 나르는
등에도 집이 있다

노을이 두 다리를 뻗은 저기 먼 하늘
성근 구름마다 별들을 구슬처럼 꿰어 걸어둔 빛들 사이를 누비며
고요히 항해하는 병 속에 누군가의 부고가 돌돌 말려 잠들어 있다
젖어 끝 물크러져도 언젠가 가 닿을 편지

자주 써서 담아 던졌어, 회고하는 목소리가 축축해서
무얼 빌었어 물었더니 목울대에서 찰방이는 대답이 울린다
맨몸으로 뛰어들어도 춥지 않기를 빌었지 호수가 집 같고

집이 호수 같게 되기를 빌었지

다음번엔 좀 더 착한 것의 몸을 타고 태어나게 해달라고

내가 네 옆으로 올라앉자 너는 맨발로 호수에 뛰어든다
첨벙 소리 울리고 나는 깔깔 웃었다 물까마귀처럼
물을 스치며 나는 물까마귀처럼

마개를 뽑자 병 주둥이로 호수가 온통 쓸려들어갔다
이제 거기 어디 네가 있고 그러니 속절없이 집이 된다
너 무사히 읽었니 답장은 어떻게 보내줄 거니
물어도 대답 없고 빛들이 노을 사이로 점멸한다

내내 잠겨서도 몸이 젖지 않았을 너를 생각한다
맨몸으로 뛰어들었어도 춥지 않았겠지 이제 호수가 집
같고
집이 호수 같기를 항해가 즐겁기를 바라
두 번 다시는 여기에 태어나지 말고 말이야

어디서 첨벙, 하더니
흑고니가 깔깔 물까마귀처럼 웃는 소리 들린다
물을 스치는 발장구 소리 들린다

무덤꽃

나를 이루는 것들은
전부 하늘과 땅 사이의 오랜 황야에서 왔다
허공이라 부르기에는 차 있고 광장이라기엔 빈 곳에서

몸을 비틀어 태동하면 성벽이 무너지는 소리가 나지
터진 손발을 내뻗으며 그 위를 기어올라야 했던
수백 번의 한 서린 고함이 천지를 울리고

나는 짚불 타오르던 어두운 요새 한구석에서 잉태되었다
죽창을 꺾어 들고 흔들어도 하늘을 찌르진 못하니
끓는 피들은 기어이 식지도 못하고 죽는다
죽어 전부 위로 올라온다

순수한 물이라야 증발할 수 있대
그건 아마 조건이거나 특권이겠지 그렇다면
몇만 년을 두고 말라붙어온 소금사막은 슬픈 증거

나는 지쳐 쓰러진 고아 같은 흰모래를 한 줌씩 퍼먹으며 자랐다

짜디짠 입안에서 엄마, 아빠, 배운 적 없는 호칭이 울려 퍼지고
바다가 되라는 운명을 거부하려 그것들을 내버린
강물들이 전부 위로 올라온다

혁명
가만히 무거운 단어를 발음하면
불타 죽어가는 누군가의 시선이 느껴지고

나는 공중에 난무하는 돌멩이들의 사이에서 살아남았다
진정 마녀라면 손목 발목을 묶은 줄을 끊고 이리로 올라오세요
그 애는 내민 손을 신나게 비웃으며 재가 된다
스러지고 연기만 남아 위로 올라온다

그러니까 나는 불 피우지 않고도 더운 피를 가진 채
짠 눈물 흘리는 법을 알고 태어난 당신들의 딸자식이야
평생을 몸 부대껴왔으나 결코 맞닿지 못할 경계에서
손발톱을 저어기 어디쯤에 박아 넣어 찢고 태어난

여기가 허공이든 광장이든
황야라는 것은 변치 않으니

나는 모든 죽음의 결론이야
나를 이루는 건 숨 쉬며 살아 있는 기억들이야

둔갑의 정원

가장 밑바닥에 고인 숨이 있어요
손으로 훔치면 여름날의 첫 장맛비가 되는

슬픔이 부러진 손톱 같다고 말하면 당신은
너 왜 우니, 하고 물어요
눈이 온통 말랐는데도

마디를 구부려 긁어내면
상처가 나니까
그건 들이마실수록 부풀어 오르는 간격이니까

입에 남은 것을 싹싹 긁어다
깊게 패인 고랑에 뱉어요 핏내가 퍼지면
타각타각 내가 잘려 나가는 소리
타각타각 다른 내가 자라나는 소리

여름이 지나고
새살이 돋으면

쥐떼를 쫓아낼 방법은 없어지죠
솟아오르는 수많은 얼굴들
내려다보며 잡초를 뽑고 사이를 메워요

숨들이 들고날 때마다
슬픔은 잡아먹힌 손톱 같네요

수많은 당신이 태어나요 나를 따라
뭉툭해진 손끝으로 바닥을 두드려요
먹구름 녹아내린 빈 하늘을 긁어요

상처가 부풀어요

입석

어떤 별은 돌아보며
고개와 무릎을 동시에 굽힐 줄 알더라
좁은 통로에서 옷깃만 스쳐도 말이야

우아하고
구슬프나
조심스럽고 다정하게 가만 다가오는
소리 없는 음성은 검은 공동 같아

미안이라는 말에는 무언가 낮은 데가 있지 목이며 등을
똑똑히 펴고 발음해선 안 될 것만 같은

말갛게 뿌예진
하얗게 투명한

망설임 끝에 조심스레 몸을 가리는 왜성, 깜빡이는 법
잊었거나
태어날 적부터 몰랐겠지 가볍게 움츠리면 반달이 되고
이건 보다 손쉽게 서로에게 양해를 구하는 방법이야

그러나
그러지 않았던

당신과 나 사이에 한 뼘 간격으로 놓인 허공의 팔레트
우주는 덜커덩거리며 팽창하고

끄트머리에 서 있던 우리는 같은 속도로 멀어진다
이제 무엇을 깜빡여도 보이지 않는 거리에서
몇 광년 정도를 더듬어 돌아온

미안해
듣고 싶지 않았던 목소리
우아하고 구슬프네

좁디좁은 은하의 철길들 위에서
수많은 고개와 무릎들이 둥글게 끔벅인다

흔적 기관

새로 지은 다리가 이곳과 저곳을 이으며 있고
그 밑은 세 사람 정도가 몸을 구기기에 아늑하다
빈 차도에 서서 그곳을 내려다보며 탄생을 반추한다

아주 모르는 사람을 부모라고 부르는 기분

이 몸을 구성하는 것들 중 뭐가 물려받은 것인지
수많은 부모들 중 누구로부터 무엇이 내게 왔는지
가슴을 열어 하나하나 해부할수록 모르게 된다

나는 어렸을 때 울었다고 했지, 손가락의 모양이
엄마도 아빠도 가족 중 그 누구도 닮지 않았다면서
우리 모두는 한 번쯤 다리 밑에서 주워 온 아이였다
재는 누굴 닮아 저래, 혀 차는 소리 들어본 적 있다면

어떤 취약함

솜 죽은 인형을 끌어안거나 등에 업어 재우는 것
밝은 곳을 마주할 때마다 버려진 웅달을 돌아보거나

가장 사랑하는 사람이 죽어버렸으면 하고 바라는 것
햇살이 좋은 날의 다음 날마다 이불을 뒤집어쓰는 것도

전부 언제 어디서 누구에겐가 배웠던 것들이지
모두는 창조된 것이 아니라 조합되어 태어났으니

핀셋 끝에 딸려 나오는 퇴화의 증거들
사라졌지만 여전히 여기에 있구나 선고를 내린다
사실 놀랍지도 않았어 왜냐하면

다리 밑으로 흐르는 강물의 호흡을 기억하거든
거기에 나 같은 아이들은 수많았어 우린 늘 같이 울었고
각자의 몫을 무사히 물려받고 태어난 뒤에는
모르는 아줌마더러 엄마, 하고 부르며 안긴 적도 있었거든
그 누구의 눈을 마주보아도 집에 돌아온 것 같았거든

우리 엄마랑 아빠는 모른다 선명하게 유전된 마음
옮게 잉태되는 손가락에도 본 적 없는 이의 숨결이 묻었다

잘린 혀의 미식가들을 위한 송가

저녁을 먹기 위해 둘러앉아서
우리 우선 오래된 돌을 데우자
불을 피우고 솥에 물을 올리고
그 안에 조심스레 돌을 담자
이백이십 볼트의 콘센트를 믿지 말자
아날로그의 사랑을 하자

코드를 꽂고 버튼을 누르고
무엇에 무엇을 돌려 먹어도
속까지 온통 따뜻해지진 않거든
냉장고 구석에 처박혔던 돌들을 데우려면
그것들이 어디에서 태어났는지부터 따져야 해
원산지를 확인하듯이

원산지
라는 말에서 선득 핏내가 나고 순한 눈이 끔벅이네
가장 진화된 형태의 바보들이 이 땅 위를 점거했네
껍질을 벗기는 법을 먼저 배운 뒤 무기를 만들었지
그때엔 요리할 줄만은 몰랐었다네

그래도 요리할 줄만은 몰랐었는데

심판의 날이 다가오네
위장이 연약해지는 것이 그 증거
우리는 먹을 줄은 알아도 홀로 소화시킬 줄을 모르니

이제 저걸 삼키자
전자레인지와 냉장고의 선을 자르자
도마와 칼을 내다 버리고 무언가를 데우는 법도
어쩌면 맛까지도 전부 잊은 듯 굴자 살아남자

워낭 소리 울리고
심판의 날이 오네
식도락의 세계에

전지구적 호흡법

숨을 들이쉬고
길게 내쉬는 법을 배웁니다
황야에서 태어난 기린이 걷는 법을 배우듯이

발굽들의 리듬으로부터 태어난 모래먼지가
봄의 꽃가루처럼 날아 입속으로 밀려들 때쯤에
몸을 굴려 개울로 빠지기로 합니다
세계는 옆면부터 젖어들고 잠겨들어요

잠수는 콧구멍의 뒤편에
기도와 폐가 있는 생물에게만 허락된 것
구름을 헤치고 대기권을 뚫으며 가라앉습니다
달그락거리는 싱크대 속에서 물큰
심해 비린내가 피어오르고

가스버너 손잡이를 돌리면
딱 딱 딱 늙은 항성들의 노래가 들려옵니다
그건 발굽 소리 같기도 하고 이빨 소리 같기도
수산시장의 도마 소리 같기도 해요

숨을 참으면 저 멀리 오아시스가 어른거립니다
밀렵꾼이 깊은 물가에서 발을 헛디딜 때에
사막의 스물네 번째 아기가 첫울음을 터뜨려요
그건 기린이 보는 풍경

태초의 개울에 낚싯대를 드리워요
낚아 올린 별이 가열차게 펄떡이다
딱
하고 터지는 순간
나의 탄생은 나에게 목격됩니다

살아 있는 것을 씹어 삼키지 않고도 살아 있을 수 있고
기도 없이도 호흡할 수 있었던 세계를 가만 응시하면
수면은 이지러지고 기어이 비누 거품은 씻겨 나가요

명징해진 풍경 앞에서 나는 마음놓고 연약해집니다
다시 태어날 때마다 숨을 내쉬고
도로 들이쉬는 법을 배웁니다

내내 비리던 입안이 꺼끌합니다

2부

세계의 파편을 주워 모은다
도로 붙일 수 있는 것처럼

접목

검지와 중지 사이를 눌러 붙인 뒤 한 땀씩 기울 겁니다
가위도 바위도 필요 없어요 아물면 흔적도 보이지 않을
테니까
작업대가 더러워질 때엔 탁상등을 끄면 그만입니다

중지는 검지의 목을 자르려는 망나니입니다
검지는 중지로부터 도망하려는 사형수입니다
가끔씩 역할이 바뀌기도 하지만

쓸모없으니 벌목되라는 외침은
여전히 서로에게 저주입니다

사이가 나쁜 손가락들에게 물을 주지 마세요
경고를 무시한 손바닥은 자꾸 재배에 성공합니다
뿌리가 깊으니 뽑아버릴 수도 없는데

손톱을
박아 넣으며
자꾸 땅바닥을 기어갑니다

주머니에 찔러 넣어도 튀어나가요
저기 저 애 손 좀 봐, 수군거리는 소리와
뼈가 부러지며 살이 찢기는 소음, 시끄럽고
나는 결국 방 안으로 도망쳐 문을 걸어 잠갔습니다

침침한 눈을 비비며 반짇고리를 뒤져 실을 찾아요
여태 무엇에 실패해 이 지경까지 더러워졌는지
흙투성이 손바닥은 입을 다물고 질타를 들어 삼키죠

내 손가락은 다섯 개예요
둘을 부를 때에 한 번 쉬고
마지막 숫자는 묵음으로 둘 겁니다

아무리 찔러 넣어도 끝 뾰족할 바늘을 구해요
목을 자르거나 도망치게 두는 대신 매듭을 짓고 나면

손가락들은 뗄 수도 없이 하나가 됩니다
손바닥의 울음소리가 가장 커다랗습니다

우리 친구 유리컵이 잠들었도다 그러나 내가 깨우러 가노라*

산산
조각난
유리컵을 줍습니다
손안에서 원형으로 둥글어지는 원기둥

연약한 피부에 상처 한 점 입히지 못한 조각들은
시끄럽게 와글댑니다 음절마다 끊깁니다
내 버려 두 ㅓ, 우ㄹ ㅣ 는 하 나 가 아 니 다!

선연한 붉은색의 분노가 손가락 사이로 흐르고
흔적 없이 메워지는 균열들의 사이로 컵 속을 내다보며
나는 순순히 사과합니다 미안합니다, 아는 것보다
모르는 걸 좋아하는 손바닥을 가진 탓이에요

일순 싸늘해집니다
그럼 손목 위에 달린 걸 떼어내자.
또박또박 속삭이는 목소리

점점 커지더니 합창이 됩니다

그건 오래되어 상해버린 도구야!
아무것도 살려내지 못하는 거짓 구원이야!

완벽해진 유리컵은 기를 쓰고 몸을 용틀어
바닥으로 곤두박질칩니다 폭로의 충돌이 일어나고
수많은 조각으로 화하는 순간 목소리들은 커져요 이걸 봐
터 ㅈㅣ고 ㄲㅐ지 고 부 ㅅㅓ지ㅣ ㄴㅡㄴ

그런 것들이 손바닥을 이루는 거야 아니 손바닥은 이뤄지지 않으니
그런 것들이 손바닥을 온통 찢어발기는 거야!
발악하는 조각들을 바라보며 가만히 내놓는 물음,
괴롭습니까
이것을 지켜보는 나는 괴롭습니다

흐르며 점점 더 선명해지는 붉음은 환각입니다
손바닥과 손가락에는 실금 하나 없어요
멀쩡하고 고집 센 손바닥이

산

산

조각난 유리컵을 줍자 도로 투명한 원기둥이 됩니다

손목 위로 피가 돌아 맥이 뜁니다

* 신약성서 요한복음 제11장 11절 변형 인용.

추수감사주일

물어뜯지 말라는 고함의 뒤켠에서 버릇은 성실해진다.

거스러미들은 늦가을 논길처럼 손가락의 갈빗대를 따라 빼곡히 자라나 있다. 밑둥에다 손톱을 세우면 툭 툭 어른의 얼굴들이 떨어지게 된다. 탄성 없이 구르다 멈춘 눈과 코 아래로 천천히 입술이 돋아나고

멋지게 주름졌지만 젖니가 덜 빠졌으니 활짝 웃지는 마시기 바랍니다.

분분히 휘돌며 떨어지는 얼굴들 사이로 사뿐히 내려앉는 거대한 손, 뼈대가 곧고 살갗이 희어서 아름답다고 말하고 싶었고 나는 손을 손으로 감싸쥐며 그것을 바라보았다. 이윽고 저것만을 손이라고 부르기로 결정하자 잘 정리된 거대한 손톱이 나에게 생긋 웃어주었다. 그러자 팔꿈치에서 두 뼘 정도 아래쯤은 손쉽게 잘라 내버릴 수 있을 것도 같아지는데, 내가 골몰하는 사이 저기 저 말끔하고 아름다운 손가락들이 주워든

돌로 된 선언문 속
열 가지 약속들

엄숙히 낭독되는 내내 나의 초라한 가장자리에서 얼굴들은 끝없이 툭 툭 잘려나간다. 사랑으로 지키겠노라! 흙과 흙 사이의 틀어진 시간들을 전부 회복하고 넝마가 된 저 모든 토양을 되살리겠노라! 우렁우렁 합창하는 입술들, 왜 떨어져 나간 것들에게서 가장 큰 목소리가 들리지?

핏기 비치는 끄트머리를 등 뒤로 감추며 들여다본다. 희고 고운 거대한 손바닥 가운데로 벌어지는 명징한 구멍, 단면조차 분간하기 힘들도록 오래된 절단의 역사. 거기엔 무엇이 자라났었나요? 얼마나 견고한 버릇으로 대적했기에 그렇게 되었나요?

거기에서 흘렀던 게 피였는지 혹은 물이었는지 궁금해져서 물은 것뿐입니다.

그러게 뜯지 말라고 했잖아 왜 말을 안 듣니!

왁자한 입술들이 비통해하면 돋아난 데를 도로 틀어막고 싶어진다.

아마 저 구멍이 물어뜯어지는 동안에도 입술들은 내내 고함쳤을 것이다.

이십일 세기 천지창조

우린 별과 달이 손을 맞잡고 춤추던 밤하늘을 사랑했어요

사다리를 놓고 나무의 꼭대기에서 고인 빗물을 핥거나
흙을 돋운 자리에 고요하고 단호하게 씨앗을 밀어 넣을 때
돋아난 새싹이 흠뻑 젖은 채 첫 기지개를 켤 때에

목숨은 비로소 목숨이 되고
그 누구도 함부로 거둬 갈 수 없어졌거든요

닳지 않고 무한히 늘어나는 실처럼 노래를 부르고
그 곡조를 잘라다가 창공의 별들을 제자리에 바느질할래요
나뭇잎 그림자 아래에 몸 붙이고 드러누워
저걸 따다 주리라고 약속하는 연인들도 있었을 거예요

코끼리의 조상이 가졌던 북실하고 붉은 털
벗겨주며 단단한 몸을 꾹 끌어안던 인간도 있었을 테고요
나는 땅과 하늘이 입맞추는 세계를 사랑했습니다 그러나

세계는
정수리부터
붕괴된다!

붕괴된다!

지금 우리는 산산조각이야 조각났다는 말을 배우기 전에 조각난
뚜껑을 찾지 못해서 머리를 세로로 갈라버린 마트료시카 우르르

입술을 붉게 칠하자 해가 솟는 지평선처럼
그 어떤 코끼리도 나팔을 불지 못하는 아침이야 쾅쾅

별들이 비우박처럼 쏟아지네 주워 먹었다가는 배탈이 나고 말 거야
이것은 재앙, 죽은 목숨들의 피날레 쇼, 뿌리를 약탈하는 흙더미

신이 있다면 이곳에 누워 실타래나 마저 감아라 우지끈

직조된 하늘을 북북 찢어도 아무것도 죽어지지 않아
모든 것이 무너지나 그 누구도 떠나지 않는 세계 쾅 쾅 쾅

별이 달을 산산조각내고 땅이 하늘의 머리채를 잡는다

탕아의 밤

어려운 이름을 가진 시인들에 대해서는
이십 년이 넘도록 아는 바가 적습니다
라이너 마리아 릴케라니
구겨진 운동화 뒤축 같은 발음이로군요

길을 걷는다는 말
망설임 한 점 없이 할 수 있다는 건
다리가 전부 자란 채로 태어났다는 거겠죠

오만한 발자국
선명하게 뻐대가 선 발등의 모양을
차갑게 기억하며, 어떤 칼바람
휭휭 몰아치는 곳에서 맞던 아침

그 뻔뻔한 손목을 잘라 가겠다던 으름장이 무서워서
나는 그만 들킬까 봐 두 손을 배 밑에 깔고 잠들었는데요

안녕히 주무셨어요?
물으며 기지개를 켜면 어느새 다 도망가고 없습니다

찬장 속 은촛대에도 담장 위 장미꽃에도 손댄 적 없는데
누가 내 온전한 발들을 훔쳐 갖고 떠나갔나요

길을 걸으며 떨어진 글자들을 눌러 밟습니다
알고 보니 그건 이곳을 만든 사람의 이름이래요
조합해보아도 조악하기만 한 발음이라 모른 척합니다

라이너 마리아 릴케라는 이름도
윤동주의 시로부터 배웠거든요, 릴케
당신이 이곳을 만들었나요?

손목이 선득하고
그다지 안녕한 밤을 보내지 못한 라이너 마리아 릴케가
내 손과 발을 두 손에 나눠 쥐고 저 멀리 달음박질치네요

절뚝대는 소리 경쾌합니다
사뿐사뿐 스텝을 밟으며, 저놈 잡아라! 외칩니다

캉캉 치마를 입은 발랄한 소녀 같은 발음이로군요

조물주는 도망치지 않으니 당신 역시 도둑이겠군요

다비드

좋아지는 것들은 너무 자주 등장하고 우리는 제한 시간 안에 그것을 미워하기 시작해야만 해. 것이라는 글자로 통쳐지기 싫다고 울었던 마음들도 있잖아. 아마 한둘이 아니었고, 대부분 전부를 기억하지 못할 테지만. 달콤하게 속삭일 줄 안다는 건 네 속이 비었다는 뜻이지. 틀에 넣어도 굳지 않는 심장을 가졌으므로 그 무엇으로도 잡히지 못할 거야.

식어가는 가장자리,
찰랑이며,
두서없이.

담배를 끊자고 말하고 싶었는데 언젠가부터 나도 습관처럼 피우고 있어. 들이마시고 내뱉는 감각은 늘 가슴 안쪽을 뻐근하게 만들어놓지. 들이쉬기 시작한 지 일 분이 넘어가면 회색 시간이 불꽃의 등 뒤에 켜켜이 쌓이고 우리는 그걸 한두 번쯤 떨어내야 하잖아. 내가 당신의 몸이 되길 원하는 동안 당신은 나를 허물이 된 시간 대하듯 했지. 문을 두드려도 더는 열어주지 않던 날들과 눈앞이 뿌

엮던 한낮의 잠.

나는 몇 번째일지 모를 것. 수많은 것들이 지나가고 단 한 자리 차지해 누운 것이지. 미끌거리며 자꾸만 나를 밀어내는 너의 눈동자는 이미 나를 미워하고 있어. 하지만 나는 굳센 틀, 사랑으로 무장한 수리공, 나를 그만두는 일은 결코 쉽지 않을 거야. 덥히고 데우며 당신은 흘러내려. 그렇게 흘러서 내 안에 들어오는 거야. 비어 있는 당신을 사랑해. 사랑. 사랑이라는 발음을 너무 자주 들으면 질려 했던가.

당신이 내 뺨과 가슴팍을 애타게 더듬으면 거기만 차가웠어. 지금 떠나가는 내 등을 보고 있을지 궁금한 저녁에 날개뼈와 척추 사이의 직선을 다듬는 손길이 그리워지고 여기에 길게 패인 이 틈은 당신이 소중하게 어루만졌던 곳, 만지고 입맞췄던 끝까지 듣고 싶었던 말은 해주지 않았던 거기가 나의 바닥이야, 너는 내게서 태어났으니 사실은 나와 너의 바닥인 거야.

손가락을 탁 탁 터는 속도에 맞추어 힘없이 부러져 나가는 목,
회색 잿덩이가 부유하는 잠의 사이로 추락하며 표면에 닿기 직전이 되었을 때에

문득 입을 맞춘다.

네가 비로소 미워,
차갑고 아름다운 나만의 껍데기.

3부

자주 깨물어 피가 나는 곳이
나의 급소입니다

이제 나에게 남은 것은 껍데기뿐이다

방 안에는 아무도 없다
이런 곳이라야 기도에 적합하다

허공에 갈릴리를 불러낸 뒤
손톱을 세워 천천히 그어 내리면
검고 진득한 것들이 틈을 뚫고 흘러나온다
시끄러워, 시끄러워, 시끄러워, 제발 입 좀 닥쳐!
저만치서 누군가 소리 지르니 무릎을 지나쳐
발가락 끝에 점점이 쌓이기 시작하고

피부 안쪽을 쿡쿡 찌르며 서럽게 묻는 나의 내부
나는 언제쯤 나갈 수 있어요? 언제까지 기다릴까요?
제발 입 좀 닥쳐, 나는 들리는 소리를 따라 읊으며
연약한 표피를 손끝으로 꾹 내리누르고

저만치 먼 하늘에서 내려와
물 위를 사뿐히 걸어 다가오는 남자를 탐색한다

이거 좀 닦아 줄래요?

틀어막을 수 없다는 것 정도는 나도 알고 있으니까
신은 관대하게 소매를 내어주고 뒤로 물러선다
내보내주세요, 이제 서럽게 울음을 터뜨리는 배설물들
나는 들썩대는 피부를 눌러 잠재우며 허리를 숙여
검게 침수된 발끝을 조심조심 닦는다

조금만 참으렴 곧 나을 거야
성스러운 옷자락을 쥐었으니 이제 너희들은 부유물이란다
신이 오셨으니 뚫린 가슴팍으로도 숨 쉴 수 있게 될 거란다
그러자 남자는 나를 일으켜 세워 갈비뼈를 여며주며
우울하게 중얼거린다 세상의 모든 신은 거짓말쟁이입니다
바깥을 경배하는 일을 그만두십시오

그렇다면 안에 있던 모든 것이 흘러나가고

미각 상실

껍질이 빨간색인 바나나는 처음 봐요
신기해서 뚝 따 들고 옆 사람에게 먹어본 적 있냐며
무심히 물었더니 왈칵 대답합니다 그것도 모르냐고요
빨강 바나나는 아주 나쁘대요 고약하다고 정평이 났다네요

나는 얼른 그럴 줄 알았어요, 맞장구치면서
가져본 적 없는 맛을 하나 잃어버렸습니다
어디가 고약한지 물어볼 용기는 나지 않아서 저만치 밀어둔
빨갛고 단단한 껍질을 바라보며 쓸지 떫을지 상상을 해요

아아 역시 빨갛다는 말이 듣기 좀 거북한가요
이제 세상은 빨강 바나나를 먹어본 몇 사람과
시뻘건 게 그럴 줄 알았어 떠드는 수많은 사람으로 분리되고

초록색이어서 싱싱한 애벌레
하얀색이어서 순수한 구더기

노란색이어서 먹음직스러운 고름 덩어리

혹시 당신 빨간 바나나의 껍질을 벗겨볼 생각이 있나요
나만은 더러워하지 않을 테니 한 번 시도해볼래요
물론 고약한 냄새가 풍길 시엔 나도 등을 돌리고

아주 나쁜 빨강이네요 저 사람은 그것도 몰랐었군요 하고
다른 이들과 함께 떠들게 되겠죠 이건 빨간 바나나와
빨간 당신과 빨간 나 사이에 피어오르는 아주 새빨간
참말이에요

그러나 당신은 고개를 한 번 갸우뚱하고는 지나칩니다
내가 따 온 죄악 덩어리를 건드려주지 않고
둥글디둥글어서 선한 발걸음으로 바나나의 끄트머리를
짓밟아요

아무도 잠 깨지 않는 밤이 되면 하나 따다 까볼까 봐요
그러나 수풀 속에서도 눈이 한 쌍 반짝입니다
밝은 빛이어서 정직한 늑대입니다

눈이 새빨개서 재수없는
토끼보단 낫군요

껍질을 까서 한 입 가득 밀어 넣습니다
없는 악취가 코와 입에 들어찹니다

고드름이 열리는 호숫가에서

호숫가에 잉어들이 얼어붙어 있는 걸 봤어
붉고 검고 노란 등이 희게 멈춰 있었어

날숨이 겨울의 허공을 하얗게 찌른다 기도가 부풀어 오른 채로 굳어지는 감각
무서운 소문을 전하듯이 몸을 움츠리며 안기면 나를 끌어안는 굳건한 팔과 단단한 손이 있고

섞이는 두 입김 사이로 가만 건네지는 옛날이야기

녹다 말고 투명하게 멈춘 기다란 물방울들에게 아름다운 이름을 붙여주던 시대가 있었어 발음하는 것을 죄라고 여기던 사람들은 서로에게 혓바닥을 잘라내는 벌을 주었지만 사랑은 그때에도 여전히 사랑이었기 때문에 죽지는 못하도록 입을 벌린 채로 혼자밖에 없는 곳에 가둬두었지 빼끔거리렴, 숨이 멎으면 모두 죄인이 된단다 우리는 혀가 잘린 너여도 사랑해 혀가 잘린 우리를 네가 사랑하듯이 말이야! 열이 끓는 이마에 가만히 입을 맞추던 입술과 정수리로 쏟아지던 차가운 날숨 머리 위에서부터 얼어붙

는 것 같아 말하지 못한 채로 몸을 떨면 그때에도 겨울은 여전히 겨울이었지 목구멍이 시리도록 추웠고

찬 손으로 도톰한 눈두덩이를 가리면 적의가 두 망막을 하얗게 찌른다
손은 단단해서 비켜서지 않는다

모든 것은 보았기 때문이야 두 눈으로 들어온 것을 보았다 말하게 된 것도 결국 보았기 때문인 거고 그러니 혓바닥은 죄가 없지 숨도 공기가 있어야 쉬어지는 거란다 멈추는 것도 달려야만 할 수 있는 일이야 발화하지 않는 혀, 잘린 혀, 우리는 사랑의 이름으로 서로의 입을 벌려 아름다움을 밀어 넣었지 숨이 막혀 죽지 않도록 뿌리의 단면을 손가락으로 단단히 집은 채로 뜨거운 몸속으로 맑게 흘러 들어가는 사랑을 느꼈어 고드름에서 무슨 맛이 나는지 말할 수 있는 건 고드름을 먹어본 적 없는 사람들뿐

정직하게 말했다면 그건 거짓말이지만 거짓말을 하면 나는 혼이 날 걸 아는 어린애가 된다

아무도 옛날이야기를 해주지 못하지만 나는 여기에서 열심히 듣고 있어
어디도 도망갈 수 없게 굳어버린 꼬리지느러미를 매달고

무슨 말을 해도 잘못 같으면 어떻게 해?
혓바닥 말고 두 눈을 도려내고 싶으면 어떻게 해?

소곤소곤 물으면 표면에 금이 간다 깨지는 장면을
보았다고 말하지 않기 위해 눈을 감는다

시한탄

손톱을 깎는 동안에는 손쉽게 죽음을 생각할 수가 없어요
반나절의 고행, 나는 무뎌집니다
앞니가 저지른 일들을 손톱깎이가 속죄합니다

일정한 간격의 홈들을 보기 싫어지는 날이 와요
홈은 홈이라고 읽어요 아니 흠이라고 읽던가요

빨갛고 파란 핏줄을 촘촘히 땋아 만든 주먹만 한 쓰레기통
둥근 형상입니다 홈이 패인 손톱들을 먹고 살아요
거기에 심지를 꽂아 불을 붙입시다

녹아내리거나 잘려 나오는 조각들은 까다롭습니다
한데 쓸어 모아 버리기 위해서는 심호흡이 필요해요
정답이 아닌 쪽을 자르는 순간

아가리를 벌리며 두근대는 심장
내가 무엇의 뚜껑을 열었던가요

찰칵 하고 무언가 작동되기 시작하는 소리
내가 안 그랬어, 울먹임은 느긋한 속도로 멀어지고
달각거리며 절뚝거리며 나아가는 숫자들 돌아가는 태엽들
영점을 가리키기 전에 점화 버튼을 누르고 싶어지네요

깎여 나가는 손끝살들의 비명이 들려와요
그건 왠지
합창 같아요

자라난다는 건 무언가를 밀어낸다는 것
흠 없이 밀려나온 홈들은 불태워 마땅합니다

힘주어 밀어봅시다 방치의 역사 없는 깨끗한 손끝으로요
초시계가 명징한 언어로 째깍 하고 발음하며 돌아갑니다
물어뜯은 손톱이 제일 정갈하게 잘려 나갑니다

어떤 양육

사과하는 법을 모르는 코뿔소를 키우고 있습니다
두꺼운 발톱으로 오래 밟힌 심장 위에는 굳은살이 쌓이고
두근거림은 갈수록 소심해지다 결국 멈출 거예요

코뿔소도 여물을 먹는다는 사실을 아나요
나는 불가사리처럼 내 끄트머리들을 뭉쳐 코뿔소를 잉태했고
그 덕에 세밀한 힘줄과 혈관들을 뜯어 먹혔습니다
턱뼈가 단단해 피도 나지 않았습니다

왜 나를 낳았나요?
사뿐거리는 고양이나
다정하고 따끈한 강아지였으면 좋았을 것을

코뿔소는 뻔뻔하게도 발을 구르고
뾰족한 뿔로 나를 찌르며 울었습니다 그것도 자식이라고
나는 얼른 젖 물리듯 심장을 열어주었습니다
사위어가는 박동 사이로 속삭였습니다 내가 오래 묵어서 그렇다고

굳은 끄트머리로는 부드럽고 연약한 것을 성형할 수 없었다고

몸무게가 자꾸만 늘어납니다
코뿔소의 무게인지 내 무게인지

여물을 주는 손이 겉늙었고 내 사랑하는 코뿔소는
그런 것은 아무래도 상관없어합니다 배를 채우면 그만이라는데

햇빛 한 번 본 적 없는 코뿔소를 사바나로 돌려보내고 싶었습니다

소등

불 좀 꺼 줘

저기 깊은 집의 앞뜰에 불이 붙네
마개를 열고 호스를 당겨 입속으로 밀어 넣을래
숨을 빌리듯 쉬어도 나아지지 않는다면 이 참회는 어디로 향하는 걸까

발바닥이 어쩐지 뜨거워
녹아 재가 되는 쪽은 거기가 아닐 텐데
여기 심장과 갈비뼈 틈새에 사는 재와 연기로 뒤덮여가는 마을
손을 집어넣어 꺼내도 피는 흐르지 않고 그저 뜨거울 거야
화려하게 타오르면 타오를수록 아무것도 사라지지 못하게 될 거야

돌봐 가꾸던 걸 온통 망쳐놓는 것도
어쨌건 주인의 몫일 테니

물을 주면 시드는 꽃들을 심었었는데

말할 수 없었던 것을 말할 수 없었다고 말한다면 나무들은 무슨 표정을 지을까
내가 단 한 순간도 거짓되지 않았음은 어떤 줄기를 잘라 증명해야 할까
인간이 되기 싫어 그곳을 떠난 거라면 남겨진 풀들에게 나는 죽음인 걸까

스위치도 없이
나무와 줄기와 풀들을 태우며 화려하게 타오르는 불
그러나 정원은 아직도 거기에 있고 꽃마저 피었으니

있잖아
나 정말이지 불을 끄고 싶어
그걸 눌러 참는 게 내게 주어진 유일한 소명이야
길을 걷다가 자꾸 소화전 앞에서 가만히 쭈그려 앉게 되는 건 그 때문이야

네버랜드

털이 달라붙은 손가락으로는 아무것도 할 수 없다
깨끗이 씻어도 찝찝하기는 마찬가지여서 물어뜯었다

요동치듯 잠잠해지는 나의 잘린 영혼,
누가 함부로 내 이야기를 나무에다 속삭이랬어
울면서 둥치를 끌어안고 도는 나를 닮은 아이들
빙빙 돌면서 이른 겨울이 오기를 오래 기도하고

약속했잖아 언제나 매끈한 피부를 가지기로
땀이 나도록 뛰어다녀도 발바닥이 북슬하구나
이제 목이든 손목이든 내놓은 채로 쫓겨나야지
발아래가 허공으로 가득 찬 감각을 빼앗겨야지

잇새에 낀 시간의 살점
아무렇게나 펼쳐 내버려둔 다 쓴 송곳니
아이라면 한 번쯤 혼이 난 기억을 가져야 하고

옷매무새를 툭툭 정리한다
단면은 천천히 잦아들어 흉이 되고

잠잠해지면 자국의 틈에서 또 조용히 자라나는

이야기와 이야기와 이야기의 실타래
아니 사실 이건 헛소리와 헛소리와 헛소리가 뭉친 거야
드러누우면 배를 밟고 지나가는 말랑하고 예쁜 발들

등이 포근하다 땅바닥이 털북숭이다
떠난 아이들이 간 곳을 이제는 안다

부두에서

수면 안쪽을 들여다보는 눈빛이 한심하다
매끈한 피부와 멍청한 숨구멍 같으니!

돌고래는 푸르르 공기를 내뿜는다 반박할 말을 찾지만
없다
가라앉으며 나도 원래 거기 살았어요, 어눌하게 중얼거
린다

한숨 내쉰 뒤 힘껏 솟구친다 눈부신 공중제비
비산하는 햇빛 사이를 가르고 수직으로 공기를 그으며
이거 보라는 듯이 파도를 찌르고 들어가는 흰 몸

잠수함 같기도 비행선 같기도 한 몸짓을 향해
열심히 튀어 오르며 박수 치는 돌고래
지느러미를 날개처럼 사용하면 흉내 낼 수 있다

날개 역시 손의 모방임을
돌고래는 모른다
그건 돌고래의 운명

수면을 찢어야만 뛰어들 수 있는 거로군요!
감격하며 돌고래는 청회색 날개를 펄럭거린다 그러다
언젠가 갈매기가 되어 뭍에서 살 것이다
나는 그런 돌고래들을 너무 많이 보아왔다

너도 이미 그러고 있어, 안에서 바깥으로 말이야
찰랑이는 수면에 대고 은밀하게 속삭이며 배에 몸을 싣고
새우깡 봉지를 뜯는다
갈매기들은 돌고래가 깊은 바다로 잠수한 동안에만 온다

뛰어드는 일을 사랑하지 않는다는 사실도 비밀이니?
조롱은 남겨두고 과자 조각만을 낚아채는 부리들

왼손을 높이 올리고 오른손은 오만하게 물살을 만끽하
는데
머리 위에서 한심하고 안타까운 목소리 들려온다

아가, 수평선도 수면이란다

거짓말 운동회

이것은 속박 없는 이인삼각
사람은 둘이지만 발자국은 세 개만 남는 흙바닥
넘어져도 손바닥은 한 개만 짚을 수 있게 된다

멋대로 굴지 않기 위해서 두 발로 중심을 잡고
가볍게 목을 가다듬는데 자꾸 멍멍 하고 울고 싶어져
눈물을 흘리는 건 내가 누구든 간에 할 수 있는 일
대신 아무도 모르게 앞발로 눈을 비비고

내가 방금 발이라고 했니?

둘이니 자국은 네 개만 남긴다 그게 맞다고 배웠고
자연스럽게 맞붙은 어깨를 감싸고 쓰다듬는다
조심조심 속도를 맞춰 스텝을 밟고 털을 고르고
순하게 뻗은 날카로운 발로 서로를 끌어안고

내가 방금 무얼 보고 발이라고 했니?

슬픈 눈을 가진 종으로 태어나고 싶지 않았고

유순하고 난폭한 존재가 되고 싶지도 않았지
이건 콤콤한 냄새를 풍기는 우리 둘만의 비밀
운동화 끈을 묶는 동안 깊어지는 피로

이제 출발하자
먼 데서 울리는 총소리, 지금은 등을 떠밀릴 뿐이지만
들키면 꿰뚫릴 거야 우리는 나란히 사냥당할 거야
뒤로 반쯤 누운 채로 트랙을 달리는 기분
유쾌하지 않지만 이 정도 거짓말은 원래 할 줄 알아

허옇게 드러낸 두 배로
흰 테이프를 끊진 못해도 도착은 할 수 있다
몸을 겹친 채 깨진 무릎을 느릿하게 핥는다 이것은
사실 두 사람도 세 다리도 없는 이인삼각

바통을 놓쳐도 없는 손가락으로는 주울 수 없다

내가 물 위를 걸어야

모서리에
두 번은 내리쳐야 속마음이 드러난다

갈라진 쇄골 아래를 틀어막아도
지글지글 심장 뛰는 소리가 부엌을 울린다
박동의 형태를 붙드는 데 실패하는 날들이 많습니다 아프락사스
인간이 저 스스로 태어났다면 그를 인간이라고 부를 수 있습니까
그대도 날아오르기 전에 뒤를 돌아보았던가요

질문은 지글지글 소멸되고 취조되는 새는 웃는다
— 사실 나는 무정란에서 태어났습니다

대답을 듣자마자 창밖에서 빗소리 들리고
벌어져 피 흐르는 가슴팍에서 맥박이 새로 피어난다
혈관들이 단면을 드러낸 채 지글거린다

그렇다면 나도 신입니다

이미 온전한 신의 형상을 갖추었기 때문입니다
덜 여문 은총이 겉을 뜨겁게 달군다 가장자리가 타기 시작하는데

물방울이 구름 끼지 않은 하늘에서 떨어져도
우리는 그것을 비라고 부를 수 있습니까

지글지글, 내리는 비와 박자를 맞춘다
귀를 기울이면 쇄골 아래에서 툭 툭 내리찍는 소리 들리고
아까부터 사실 심장은 거기에 없었다

껍데기에 녹아드는 일은 결단이 필요하고
잿더미가 되기 전에 불을 꺼, 어디선가 고함이 들려온다
관망한다 노랗게 빛나며 익어가는 심장

잘린 혈관들이 싱크대에 던져진다
어떤 물로도 소화할 수 없는 불이 그 위로 번진다

문득 충돌 없이도 비린내, 라고 발음할 수 있어진다

기형 생존

사철이 겨울인 먼 나라의 변두리
건강하고 멀쩡한 말발굽으로 다져진 땅에는
사슴 고기를 먹는 족속들이 삽니다

물 위 얼음을 딛고 살면
잡아먹혀 죽거나 물에 빠져 죽게 된다죠
머리 위가 소박한 사슴은 잡아먹힙니다
하물며 손발이 없는 펭귄이야 어떻겠습니까

웃기죠, 어떤 펭귄
멀쩡한 형상으로 태어나 부모님을 안심시켰는데요
속에 든 것도 없이 남극 바다 아래로 가라앉을 때에는
그 누구도 구해주지 않았다네요

손발이 없는 펭귄은 물에 빠져 죽습니다
손발이 있는 펭귄도 물에 빠져 죽습니다 그러나
손발이 있는 펭귄은 헤엄을 알기 때문에 더 억울합니다

손 틈으로 흘러내리는 싱싱한 붉은색 심장

그런데 저기 수북이 쌓인 뼈들 사이
유난히 화려하고 아름답게 자란 것이 있어요

그제야 보이는 거예요
나 빼고 모두가 비정상인 이 대륙의 얼굴
어디 한 군데 삐딱한 채로도 잘만 쉬어지는 숨결들과
내리는 눈 없이도 눈부시게 흰빛으로 가득 찬

그때 말이에요
그 누구도 나를 구해주지 않았는데요 사실
모두가 나를 외면한 것이 아니라 내가 뿌리쳤습니다
멀쩡한 눈을 감아 아무것도 쳐다보지 않은 채로
멀쩡한 팔다리를 허우적대며 아래로 가라앉기 위해서

언제부턴가 내 옆에서
크고 아름다운 뿔을 휘저으며 함께 가라앉는 사슴
뼈와 살이 분리되기 전에 빠져 죽기를 선택했는지

뿔이 자라지 않은 사슴은 잡아먹힙니다

뿔이 자란 사슴도 잡아먹힙니다 그러나
뿔이 자란 사슴은 아름답기 때문에 더 억울합니다

눈이 오지 않아도 온 세상이 하얗습니다
사철이 겨울이어서 그렇습니다
아주 오래전부터 겨울이었습니다

짝꿍

당차게 바람을 발음하는 꿈을 꾼다
어쩌다 실수로 죽은 것처럼 책상 위에 누워서
드르륵거리는 소리로 금을 만들고 금 위에 금을 만든 뒤
한 번에 그러쥐어 조용히 소매 속으로 감추던 날들을 생각하면서

너, 내가 낳은 것도 아닌데 어쩜 이렇게 닮았어
바람의 표정을 읽고 주름살 하나하나를 만지는 법
가르쳐주지 않았는데 어쩜 이렇게 잘 배웠어
무언가를 감추려고 가리는 것들은 더 선명해지고

너, 내가 네 손을 잡으면 문득 도망치고 싶지
그대로 잡아 올려 입맞추면 입술보다 먼저 눈을 가리고 싶지
바람이 부는 건 큰일이 아닌 걸 알고서도 이걸 어쩌나 싶지

그 어떤 시선에도 베이지 않는 날이 곧 올 거야
나는 물구나무선 채로 걸어 다니고 싶을 정도로 금투성

이였거든
거길 넘어가면 큰일이 나거나 혼이 날 걸 잘 알았거든

어쩌다 실수로 바람이 스친 목덜미에 소름이 돋는 순간
어디 잘못 묶여 있었던 사람처럼 화드득 깨어나는 날이 와
너, 그날이 올까 싶지 평생 소매를 묶고 살아갈 것만 같지

금을 밟고도 땅따먹기나 하고 싶어지는 날이 오면
마치 지금처럼 쥐 죽은 것처럼 고요해진다 귀를 기울여도
바람 소리 들리지 않는다 겁주는 얼굴 보이지 않는다
여기 넘어오면 다 내 거야 으름장 놓은 뒤 손목을 잡아
끈다

바람은 지나가
발음하며
금 위에 놓인 네 손등에 뺨을 묻는다
먼 데서 내 손목이 환청처럼 드르륵거린다

해바라기

손끝은 가볍고 시선들은 나약하다

속성을 뜯어보자면 우스워진다
혼자 유구히 불타는 중인 덩어리 하나에
거창하고 거룩한 이름을 붙인 건 당신들이지
마주보며 돌고 도는 당신들과 나의 원 우리는
적당한 거리에서 앞서거니 뒤서거니 나아가는데

이미 마주보고 선 줄도 모르고
손을 들어 겨눈다 쏘아 떨어뜨리겠다더니
활시위에서만 떨던 호기로운 화살로도
부신 눈이나 깜박이던 시선으로도 내게 닿지 못하니

그건 상처입지도 않으나 동시에 외로운 일,
견디다 보면 어느새 돌아와 제자리일 것이라고
무료히 돌며 기다리던 나를 향해
당신들 사이에서 누군가 고개 들어 얼굴을 말린다

쨍한 노란색으로 바라보는 눈길

나는 그 곧은 눈길로 인해
기꺼이 우스워지는 빛 기쁘게 타는 거대한 구

불타며
달려 나아가는 별

4부

사랑을 발음하면 넌 나 모르는 곳
으로 사라질 것 같아

심장의 모양을 사랑의 증표로 처음 쓴 사람에 대하여

그 사람
아마 눈사람이었을 거야
십여 년을 통틀어 가장 눈이 많이 온 날에 태어난

깨물면 달고 끈적한 피가 흐르는 것들이 열리던 벌판에
드문드문 둥근 그림자들이 세워진다

축축한 몸들은
끌어안아도 열심히 두근거렸다
멋대로 뭉쳐진 순간들 사이로 힘껏 혈관을 밀어 넣고
살얼음 낀 물이나마 손등이 터지도록 견인해 오는
사투, 이윽고 눈물처럼 흘러 사라질
이 고요한 발버둥

너무 차가워서
닿은 데가 뜨거운 것도 같애
장갑 너머의 살갗으론 온전히 느낄 수 없지

세상에서 추운 냄새가 가시고 흰빛이 죽으면

그렇게 겨울이 지나면 산책로를 걸으며 주워 모을래
전쟁이 끝나고 여기저기 조각나 널브러진 몸처럼
미약하게 꿈틀대는 단 한 개의 유품을 내려다보며

당신, 다 죽고 하나 남긴 것이 심장이었구나
그렇다면 당신 심장은 사랑이로구나

붉게 부푼 마음들을
냉장고 안에 차곡차곡 쌓을 것이다
절인 과일에 담금주를 부어 찬장 깊숙이 숨겨두듯이
이것은 내가 건넬 수 있는 가장 정중한 애도이자
치러줄 수 있는 가장 숭고한 장례

이제 전부 녹아내려 형체 없지만
눈사람의 몸 안에 구멍이 뚫렸겠지 무수한 개미굴들은
그가 심장에게 줄 수 있는 가장 나은 정도의 사랑이야

녹아도 넘쳐흐르지 않는 약속의 내벽이야

금단

빈 부엌에서 주전자에 물이 끓는 소리 들려오면
그새 자란 시간을 잘게 잘라다가 통에 넣어요
서걱대는 소음은 긴 밤을 위한 준비입니다

아무리 걸어도 끝에 닿을 수 없는 방의 귀퉁이에 주저앉아
잔 가장자리에 독 대신 사랑을 바르는 작업을 합니다
외로운 새벽에 이름을 붙이는 법을 알아요 이마를 맞댈 때에
두 갈래 고요한 숨결들이 어디로 통하는지도 알고요

이곳은 투명한 벽으로 되어 있어요

살고 싶다는 고백과 입맞추고 싶다는 속삭임은 같은 거겠죠
그걸 배우려고 몇백 번의 새벽들을 몇백 번이나 죽였습니다

공기가 온통 젖어버린 밤에는 좀 나은 것도 같았어요

사실 벽과 맞댄 이마에서 싸늘한 기운이 올라왔는데요
뿌옇게 김이 서린 얼굴을 엄지로 가만 닦아내고
기꺼이 둘이서 한 잔을 나눠 마시기로 합니다

차를 마셔본 적 없는 사람도 향의 이름은 압니다
혼자가 아니었던 이들만이 혼자라서 슬플 수 있어요
어디에도 없는 맛을 알기 위해서 허공을 끌어안는 법을 배우고

대답과 동시에
질문을 발음해요

나의 숨이 두 갈래로 갈라졌다는 건 비밀입니다
해가 지면 저 너머로 내가 돌아오니까

버려진 낱자들을 모아 가만히 어스름을 호명합니다
입술을 떠나는 순간 색이 바래는 마음들이 있어요
알싸한 감각을 잊지 못해 더듬대며 입맛을 다셔요

한 모금의 사랑으로도 사람은 죽을 수 있습니다
그걸 배우려고 시간의 목을 몇백 번이나 잘랐습니다

방주

무너지는 법을 배운 적이 없는
어떤 깊은 골짜기에 서서 물이 흐르는 것을 본다
나는 배를 띄우고 싶지 않았고 너는 나무를 베어 노를 깎는다

몰라도 언젠가는 알아야 할 때가 올 거야
내가 모르고 죽더라도 내 딸과 내 딸의 딸은 알아야 할 거야

너는 콧방귀를 뀌며 대답한다
아이를 낳지 않으면 될 일 아니니?

뿌리 잘린 나무들이
골짜기의 허리를 베고 누우면
도끼 자국이 선명한 밑동 위에 웅크리는 우리
물소리는 점점 선명해지고 비라도 오는 날에는

내가 널 데리고 저 위로 도망치고 싶어하는 동안
너는 날 데리고 급류 아래로 도망치고 싶어했다

몸과 마음을 더듬는 어떤 형태의 은총
내가 흙바닥에 누운 채 없는 천장을 바라보는 동안
너는 축축한 손가락으로 내 발가락을 만지작거렸고

물은 점점 불어나
이제 바위에 걸터앉으면 발을 담글 수 있다
하늘로부터 황금의 사다리 대신 장맛비가 내려오고

오늘은 나에게 재앙이며 너에게는 재림의 날
그새 노가 완성되었구나 저기 저 나무의 죽음이
물속에서 숨 쉴 수 없는 날 위한 너의 고백임을 안다

나는 너무 잘 알아서
우르릉, 무언가 무너지는 소리를 들이삼킨다

내 딸과 내 딸의 딸을 추모하며
이제 배를 몰아 함께 저 아래로 내려가기로
머리 위의 거짓말들은 두 번 다시 돌아보지 말기로 한다

반쯤 잘려 빠끔거리는 너의 목덜미
노를 젓는 동안 그건 우리의 구원일 거야

약속하듯 입맞추면 물은 점점 불어난다
환희에 찬 너의 눈빛 속에서 세계의 끝이 일렁이는 걸
본다

십일조

편지는 씹어 삼켰고
봉투는 찢어버렸으나
연인의 이름만은 오려 보관한다
그런 지가 오래되었다

나, 개명을 했습니다 퍽 마음에 듭니다
까지 쓴 뒤에 종이를 살살이 찢었다
연인에게, 라고 쓴 부분은 특히 열심히
손자국대로 밀린 우체통 위 먼지를 불며

명패를 갈아 끼운 뒤에는
죽음을 생각한다

아무리 찢고 삼켜도 버려지지 않으니
부고 편지에는 어떤 이름을 써야 하나

연인에게
이 사망은 신고해야 하는 것입니까
그저 봉투를 접어 붙이면 당신에게 가는 줄 알았습니다

전입신고입니까 전출신고입니까 혹은 둘 다입니까
둘 다 아니라면 이 편지는 어디로 갑니까
나, 결국 개명을 했습니다 퍽 마음에 듭니다

이번에는 연인에게
아무것도 알려주지 않기로 결정한다
이름 불리우지 않고 사랑받으리라

때처럼 밀려 나오는 흔적들
십분지 일만 떼어 소각해도 매운 내가 난다
그런 사람 저는 모르는데요, 가만히 발음해본다

요단

네가 떠나고 나서 이해한 너의 조각들이 많아. 수건이 한 번 펼쳐지기도 전에 전부 말라버리면 꽃향기가 진해지거든. 척척해진 옷들을 전부 꾹꾹 밀어 넣고 건조기 버튼을 누르는데 그게 꼭 변기통 속에 머리를 집어넣고 물을 내리는 기분이었어. 바깥에서 바라보는 통돌이 속은 아수라였어.

작동 버튼을 네 번 누르면 사십 분 동안 통이 돌아가. 그런데 맨 오른쪽 건조기는 설정이 어긋났는지 네 번을 누르면 한 시간 이십 분간 돌아가더라. 두 배만큼 젖어버린 날이면 그 안으로 기어들어가 웅크리고 싶었어. 이 옥타브 솔 음의 띵 소리가 두 번만 울리는 순간을 기다리면서. 건조기를 완전히 이해하는 사람만이 그럴 수 있을 거니까. 보통 사람들은 사십 분 동안 기계가 움직였으면 하고 바랄 테니까.

고집스럽게 둥글고 어두운 창문만을 들여다보고 서 있곤 해. 그리고 반대편의 나를 구경하는 거야. 옆 칸에 누가 타 있는지는 모르지. 소리는 들리지 않는 척하는 게 예

의야. 그러나 분명히 너머에 누군가 있고, 우리는 돌아가거나 내려가거나 크게 울 거야. 너는 슬픔의 리듬을 알아? 거기에 맞춰 춤을 추었어? 머리끝까지 물을 뒤집어쓰기 직전에 작동 버튼을 누르러 꼭 와주는 사람이 너에게도 있었어?

주머니를 잘 확인하지 않으면 기억이 자꾸 쓸려 들어가. 깨끗하게 세탁되었다가 향긋하게 마르지. 박제된 나비나 손수건의 꽃 자수처럼. 변기통 안으로 빨려드는 기다란 머리카락처럼. 건조가 끝나면 꼭 손바닥으로 먼지통을 청소해야 해. 거기에는 늘 잘못이 몇 가닥 끼어 있었고

꺼낸 마른 수건으로 머리를 털면 먼지처럼 물방울이 튄다. 젖은 건 넌데 괜한 걸 넣고 돌렸구나. 선고하듯 정수리를 쓰다듬는 손길, 그제서야 선 자리에서 이탈한다. 마음놓고 맨 오른쪽 자리로 기어들어간다. 무릎을 꼭 끌어안고 턱을 묻으면 들척한 수건이 머리에 가만 얹어지는 것 같아, 그러나 순식간에 부드러워지는 촉감, 코를 찌르는 향기, 건조해지는 공기, 이 옥타브 솔로 띵 띵 띵 띵!

레버를 삼 초 이상 꾹 눌러주세요! 발랄한 안내 문구와 함께 통은 돌아간다. 슬픔의 리듬에 맞추어, 꽃향기를 풍기며. 점점 빠르게. 안쪽에서 바라보는 창문의 바깥, 너도 이 광경을 보았어? 저 눈빛을 보았어? 작동 버튼을 네 번이나 힘주어 누르던 나의 손끝도 보았겠구나. 썰렁한 세탁실, 일 분에 네 번씩 깜빡거리던 왼편 천장 구석의 형광등, 비밀인데 엊그제 누군가가 그 아래에서 무릎에 얼굴을 묻고 울었어. 그때부터 지금까지 일 분에 여덟 번씩 등이 깜빡이고 나는 그 애의 웅크린 등을 빙글빙글 돌며 구경했었고

사십 분이 지나가고 나면 모두 눈을 감아도 괜찮아. 젖을 때가 아니라 아주 바싹 마를 때에 비로소 깨끗해지는 중이니까. 정수리로 물이 끼얹어지는 동안 느리게 보송해지는 나의 온몸, 거기 어디에선가 빨려나가는 몇 가닥의 잘못들. 고개를 들어 이제 나를 쳐다봐도 괜찮다고 말할래.

저 애가 주머니에 나쁜 기억들만 담아놓은 건 나를 사

랑하기 때문임을 알아.

탯줄

이제 그만 잠들어야지
내가 눈을 감을 때마다 네가 잠기니

꿈속에서조차 누군가를 흉내내고
거짓말을 단단히 믿으며 살아갔지 이곳에는 안식이 있다고
발밑에서 찰랑이는 물속을 들여다볼 땐 거기 나 말고 네가 있기를 바랐어

내가 흩어질 때에 너는 영원히 가라앉을 것이다
침식과 침잠, 우리 둘은 글자가 닮은 만큼만 닮아 있어서

미안하다는 사과가 편해지는 건 돌아서는 네 뒤에 혼자 남을 때뿐이었다
뿌리쳐진 손을 어루만지면서 몇 번이고 눈을 떴지만

넷은 하나로부터 왔지, 그러므로
나는 너를 알아 기억 저편에서부터
네 손을 잡고 먼 강변을 뛰었던 날이 있었거든

물장난도 수영도 그러다 꼬르륵 빠져 죽고 다시 태어나
처음처럼 이곳을 달렸던 날도 전부 함께했거든
여기 네가 있었거든

조심히 가

나는 네게 필요 없는 하나를 가지고
필요한 하나를 마저 줄 테니까

적당히 무거워진 너는 고맙다고 말할까 말까
작은 입술을 핥으며 따뜻한 거짓을 어루만지네 작게 박동하는
그것은 나의 마지막 선물이다 우리를 잉태한 이는 그걸 기적이라고 불렀다

하지만 너 나를 사랑하지
그건 수면 위에 비치는 얼굴만큼이나 명징한 것
너에게는 저주겠지만 그건 다행히도 사실이야
거짓말투성이 두 손 안에 남은 내 단 하나의 축복이야

작은 몸이 허우적대지도 않고 가라앉는다
이제 그만 잠들어야지, 눈을 깜빡이면 여기에는 나만 남아 있다
혼자 들이마시는 공기는 아늑하고 축축하다 안식처럼

나는 잘 도착했을 너의 첫 울음을 상상하며 잘린 단면을 어루만진다
맥이 뛰듯이 찰랑거린다

철길 위의 사랑

창문은 반대로 흘러간다 창문은 녹고
녹았다 뭉치며 새 건물을 짓는다

알아들을 수 없는 어린애의 노래는
반쯤 음악 같고 반쯤 소음 같다
철로는 바람의 울음을 운다 이 길로
몇 나라의 동요 몇 대륙의 전쟁과

몇 세기어치의 죽음이 흘러갔는가
저만치서 열 맞춰 이리로 걸어오는 부르군트
형태 선명한 유령들 사이로 포성이 울린다
춥고 붉게 물든 세월을 가로지르고 가로지르는

스위스의 기차,
베른과 바젤을 직선으로 이으며 달린다

땅에는 왜 이름이 있나요 하고 물으면
철로는 바람처럼 대답한다 너희가 지었노라고
태초의 너희가 이 땅을 구획구획 잘라다가

각각의 언어로 명명하여 구분하였노라고

낯선 발음을 입 안에서 굴리며 힘껏 호명하면
건물과 도로가 무너지고 바깥 풍경이 이지러진다
그 어디쯤에서 이리로 뻗어 나오는 손바닥들이 있고

오래전의 우리와 우리가
손 맞잡으며 내는 흐릿한 공명음

유령은 다정스레 웃어 보인다 없는 얼굴로
꿈을 깨듯 눈을 뜨면 노랫소리 들려온다
축축해진 손바닥에 다정한 온기가 감돈다

어떤 발자국은 끝없이 허물어진다
기차는 쉼 없이 철로를 스쳐지나고

어린애의 노래가 계속된다 동요일까 군가일까
군복을 입은 채 아이를 품에 안아든 이는
통로를 오가며 나직이 한 소절씩 따라 부른다

여전히 알아들을 수 없지만

창문은 하늘로 흘러내린다 새파랗게 녹아 눌어붙는다
총성을 동요처럼 들이삼키던 어떤 창문들처럼

숨바꼭질

마음이 사랑을 담보해주지는 않지
발작하는 근육도 죽고 나면 고요히 굳게 되거든
내게 입맞추고 싶다고 해서 네가 나처럼 되어야 하는 건 아니야

찾았다, 외치더니 깔깔 멀어지는 발소리
하늘이 그물처럼 머리 위로 쏟아져 내리는 오후의 일이지
그 애들이 그렇게 무리지어 떠나버리고 나면 나는
버려진 분필로 담벼락에 내 욕을 쓸 거야
깍두기처럼 곁에서 울고 있는 먼지구름을 들이마실 거야

너는 내 손을 잡고
손가락 다섯 개를 지니고 태어났으니
나도 가위바위보를 할 수 있다고 말했다

거짓말,
나는 혼자 태어나고 조용히 자랐는데
소리 죽이기 위해 노력하며 호흡했는데

없는 사람을 찾아낸다는 건 지극히 없는 일이 되지
잃어본 적 없는 마음을 잃어버리고 나면 괴로워지고
네가 나를 들이마시고 나면 나는 날숨을 온통 집어삼켜
너를 질식시켜버릴 거라고 약속하겠어

딱딱하고 버석한 모양으로 멈춘 폐
기어이 물주전자를 가져와 내 머리꼭지에 들이붓는 너
녹아내리듯 지워지는 모든 글자들이 무리 지은 발자국
같네
이제부터는 나뿐 아니라 너도 살아가려고 노력해야 할
거야
사랑이 생존을 담보해주지는 않는 거거든

나는 고요하게 굳어가는 사냥감처럼 웅크려
몰래 펼친 손 틈의 하늘 위로 너를 겹쳐본다
기어이 나를 사랑한다고 우기는 입술로부터 배운

왼손과 오른손의
고요한 가위바위보

동트는 수수밭

그 애 죽었대
기어이?
응 어제 새벽에

기름이 배어 나온 오래된 연고를 쓰레기통에 던져 넣으며
사인을 듣는다 추락했대 아파트 이십 층 꼭대기에서
쿵!
핏자국은 어찌나 안 씻기는지 머리 있던 데가 아직도
시뻘개
정원이 있는 옥상이었잖아, 세상에, 그날 비도 왔는데
죽은 애 손에 꽃이 줄기째로 한 움큼이나!

숨이
생의 문턱에
가까스로 매달려 있었던 애였다
나 죽으면 찾아와라 꽃 하나 놔주면 안 잡아먹지!
입버릇처럼 어흥 하고 지레 겁을 주던

간밤의 죽음을 파헤치는 목소리 앞에 도로 마주앉은 뒤

허리를 숙여 아래로 은밀하게 던지는 질문

왜 떨어졌어?
너 두껍고 좋은 끈을 많이 사두었잖아

다 깨진 머리통이 반짝 고개를 들더니
시뻘건 얼굴로 생끗 웃는다 가슴팍에 수북한 흰 국화
온통 핏물이 들어 장미 다발 같았다

가끔 목도리처럼 둘러보곤 했지 그러다 쓸려 상처가 날 때마다 네가 새끼손가락 첫째 마디로 문질러준 자리가 있었지 숨통을 조이는 감각 나는 가끔 베개에 오래도록 입맞추곤 했어 눈앞이 아득해질 만치 그러고 있으면 코끝에서 약 냄새가 나고 그럴 때면 자꾸 네 손가락의 뜨뜻한 감촉이 생각났거든 고개를 들 수밖에 없게 돼, 있잖아 새벽은 왜 끈적거릴까? 빛이 스며드는 티도 안 나는데 하늘은 엉망으로 번들거리고 번지고 미끌거리고, 그러다 순식간에 동은 왜 트는 걸까? 해가 뜬다고 하면 되는 걸 괜히 말만 어렵게, 밤이면 숨 쉬는 것 같았는데 불덩이가 밀고 올라오면 누가 목을 서서히 눌러 막는 것 같고 그게 사실 황홀해서, 있잖아 사는 거 재밌지? 숨 쉬는 거 좋지? 저 해도 지 알아서 뜨고 지던데 나는 언젠가 고개를 들지 않는 날을 맞이할 거야 그건 네 새끼손가락 생각이 나지 않는 날이어야 할 거야 웅얼거릴수록 견고해지던 손아귀 무얼 붙잡았는지 몰라도 늘 애쓰고 있던 눈

줄엔 기름을 먹이면 안 돼
살이 찢어져도 그냥 열심히 버텨야 되는 거야
매끄럽고 다정한 걸 쥐면 손을 금방 놓치게 마련이거든

나 죽고 사진 앞에 꽃 하나 놔주면 안 잡아먹지, 어흥
벌개진 목으로 웃던 얼굴 턱 아래가 선명하게 번들거린다
너, 스스로를 매달기도 전에 그만 미끄러졌구나
묵묵히 쳐다보다 다시금 생끗 웃어 보이는 얼굴

어떤 새벽에는 지평선이 붉게 부풀다가 피어나듯이 터져 올랐을 것이다 그러면 일생 동안 봤던 것 중 가장 뜨겁고 황홀한 아침해 아래에 서서 정강이를 스치는 선바람에

도 후들거리며 너는 넋을 놓았을 것이다 비가 와도 뜨는 해가 밉다고 생각했을 것이다 젖은 구름들이 하늘에 빼곡한데 그 사이사이로 펴져 나가는 선명한 빛살, 묽은 숨이 고여 뚝뚝 떨어지던 코끝에 입맞추듯 내려앉는 희붐한 반짝임, 동시에 목울대가 뜨겁게 눌리는 걸 감각하며 저 멀리를 노려보다가 밤을 집어삼키며 끈적하게 번지는 아침에 결국 고개를 들지 않기로 결정했을 것이다 그러나 손에 힘이 온통 풀리려는 순간에 기어이 떠오른 너, 살아 숨쉬면서도 버틸 만하지? 숨 막히게 눈물 나는 광경이지? 묻던 목소리와 다정한 눈빛과 어두움을 빼앗아 가는 온기와 지난 어느 날 동이 트는 동안에 마지막으로 나눈 이야기와

붉고 둥근 자국을 따라 부드럽게 호선을 그리던
나의 새끼손가락

나는 알리바이를 고민하며 기름진 손끝을 식탁보에 문질러 닦는다
막 꺾인 풀 비린내가 난다

깜빡깜빡

검정
아니 흰색일 거야
흰색 아니면 검정일 거야
나는 그날 흰색 티셔츠와
검정색 바지를 차려입었지

너희는 손뼉을 치며 웃는다 내 옷차림에 대해
내기를 했었다고 말한다 나는 따라 웃으며

단색을 두려워하지 않는 사랑하는 친구들에게
발밑이 꺼져가고 있다고
언제쯤 고백할지 고민한다

사위어가는 것들
내 고양이의 왼쪽 동공과
퍼석해지는 털 같은 사랑들
껴입고 누우면 그제야 울 수 있었던

그건 어둠

아니 빛이었지
박자에 맞추어 떨어져 내리는 호흡이었지
어제는 습작 노트에 끼어 있던 너희의 쪽지를 찾았다
미안해
쓰여 있다

누구를 추모하고 싶은 거냔 물음이
농담 같지 않게 들려
옷깃을 경건히 가다듬고 숨을 쉰다
숨은 낙하하듯 쉬어진다

해설

타나토스, 죽음 혹은 세계의 끝에 대한 사유

오민석

문학평론가 · 단국대 교수

1

김진솔은 왜 그리 멀리 갈까. 그녀는 왜 에로스 너머 혹은 에로스 내부의 타나토스Thanatos에 주목할까. 그녀는 왜 절단되고 끊어지고 잘라내는 것들의 실존을 응시할까. 이 시집엔 왜 그렇게 많은 죽음이 출몰할까. 존재의 시초, 탄생, 기원을 빈번히 사유하면서도 왜 그녀의 시선은 항상 세계의 끝에 가 있을까. 이 시집을 읽으며 나는 내내 이런 질문에 휩싸였다. 그리고 이 질문에 대한 대답을 나는 모리스 블랑쇼M. Blanchot에게서 찾았다. 블랑쇼는 아르토 A. Artaud를 떠올리며 이런 말을 한 적이 있다. "존재는 존재가 아니라 존재의 결여이다." 그가 말하는 "존재의 결여"는 "삶을 쇠퇴시키고 포착하기 힘든 무참한 금단으로부터 나오는 절규로밖에는 표현하기 어려운 것으로 만드는 살아 있는 결여"(『도래할 책』)이다. 블랑쇼의 말마따나 존재는 존재에 이르기 전에 이미 존재를 결여한다. 존재는 단 한 번도 존재가 된 적이 없다. 존재는 오로지 존재의 결여로 살아 있다.

붉은 원

그 밑에서부터 끓어오르는 긴 울음이 있다
주제를 모르는 피조물들을 전부 없애고 새로 지으라는 계시
거대한 몸체는 천천히 뒤집힌다 흰 배가 열리고
꿀럭이며 퍼져 나가는 저주

이제 잡혀 죽는 것은 너희일 거야,
그 목소리를 따라

물로 된 장벽이 천천히 걸어 나오고
검게 반들거리는 비늘과 아가미의 군대가
파도를 앞질러 터지듯 쏟아지니 비로소 전복의 순간

손쉽게 사냥당하던 목숨들이
붕괴되는 수평선을 뒤로하고 전진하는 광경
이제야 공평하다

뒤집히는 세계를 맞이하기 위해
성문을 열어젖히듯 두 팔을 벌린다 이제 전부 쓸려가고

나도 왔던 곳으로 돌아가리라
물로 뒤덮인 세계에서 작살은 속도를 잃을 것이다
—「고래 사냥」 부분

"물로 뒤덮인 세계"와 "주제를 모르는 피조물들을 전부 없애고 새로 지으라는 계시"는 신이 홍수로 세계를 진멸한 노아의 서사를 떠올리게 한다. 신이 창조한 피조물들은 존재의 심각한 결여 때문에 죽음의 저주 아래에 놓인다. "붉은 원"은 그렇게 피를 부르는 저주의 프레임이고 "고래"는 그런 운명의 중심에 있는 기표이다. 이것이 제목의 "고래 사냥"이 의미하는 바이다. 그러나 고래는 그 "거대한 몸체"와 "검게 반들거리는 비늘과 아가미의 군대"로 자신을 죽이는 "파도를 앞질러 터지듯" 쏟아져 나와 "전복의 순간"을 만든다. 전복이란 가해자와 피해자의 자리가 순식간에 뒤바뀌는 현상을 말한다. 시인은 "손쉽게 사냥당하던 목숨들이/ 붕괴되는 수평선"을 바라보며 "이제야 공평하다"고 말한다.

시집의 맨 처음에 배치한 이 시는 이번 시집 전체의 큰 그림을 잘 보여준다. 시인은 세계의 가장 먼 외곽에서 세계로 밀고 들어오는 신의 존재 혹은 신의 강력한 힘을 항상 의식하고 있다. 이것을 신학 용어로 신-의식God-consciousness이라 한다면, 김진솔은 항상 신-의식의 상태에 있다고 해도 된다. 이 시집 전체에 기독교 『성서』의 여러 모티프가 깔려 있는 것이 이 사실을 증명한다. "추수감사주일", "천지창조", "탕아", "갈릴리", "다비드", "금단", "방주", "십일조", "요단" 같은 모티프들이 그것들이다. 이런 신-의식의 모티프들은 그러나 시인에게 존경과 숭배의 대상들이 아니다. 그것들은 삶과 세계의 가장 큰 외곽에서 당위와 정언명령의 형태로 다가오는 거대한 힘들이다. 이 힘은 항상 피조물들, 즉 결여로서의 존재들을 향하고 있다. 이 거대한 힘에 도저히 저항할 수 없는 결여-존재들은 항상 죽음의 문턱에 있다. 죽음이야말로 결여-존재들의 삶에 항구적인 배경이 된다. 그러므로 시인의 존재-물음은 죽음에 관한 것일 수밖에 없고, 죽음충동(타나토스)에 대한 자의식일 수밖에 없다. 위 작품의 "고래"는 그런 운명의 "사냥"에 저항(역행)하는 결여-존재의 거대한 몸이다. 결여가 현전現前, Presence, Logos을 향해 거는 이 싸움이야말로 신화를 거꾸로 돌리려는 전복의 상상력이 아니고 무엇인가. 그러나 이 싸움은 항상 임박한 죽음, 임박한 파괴를 전제로 한다.

나를 이루는 것들은
전부 하늘과 땅 사이의 오랜 황야에서 왔다
허공이라 부르기에는 차 있고 광장이라기엔 빈 곳에서

몸을 비틀어 태동하면 성벽이 무너지는 소리가 나지
터진 손발을 내뻗으며 그 위를 기어올라야 했던
수백 번의 한 서린 고함이 천지를 울리고

나는 짚불 타오르던 어두운 요새 한구석에서 잉태되었다
죽창을 꺾어 들고 흔들어도 하늘을 찌르진 못하니
끓는 피들은 기어이 식지도 못하고 죽는다
죽어 전부 위로 올라온다
—「무덤꽃」 부분

전쟁을 연상케 하는 분위기는 보다시피 역사를 알 수 없는, 혹은 그것을 넘어서는 초역사적 배경 속에서 펼쳐진다. 화자의 출생 배경은 전쟁터이다. 그는 "짚불 타오르던 어두운 요새 한구석에서 잉태되었다". 그리고 그 전쟁은 "전부 하늘과 땅 사이의 오랜 황야"에서 벌어진다. 결여-존재인 화자가 "죽창을 꺾어 들고 흔들어도" "하늘을 찌르지 못"한다. 결여-존재의 끓는 피는 거대한 현존("하늘") 앞에서 철저하게 무력하다. 그것들은 피가 식을 시간도 없이 그들에게 주어지는 죽음을 피할 수 없다.

2

김진솔은 죽음의 편재성을 인지하면서도 끓는 피를 억제할 수 없는 젊은 영혼의 소유자이다. 그러므로 시를 "고요 속에 회상된 감정"(윌리엄 워즈워스W. Wordsworth) 따위로 보는, 평화와 조화와 질서를 지향하는 낭만적인 태도는 김진솔과 어울리지 않는다. 그녀의 세계는 고요할 여력이 없다. 그녀에게 세계는 늘 갈등과 충돌의 상태에 있다.

검지와 중지 사이를 눌러 붙인 뒤 한 땀씩 기울 겁니다
가위도 바위도 필요 없어요 아물면 흔적도 보이지 않을 테니까
작업대가 더러워질 때엔 탁상등을 끄면 그만입니다

중지는 검지의 목을 자르려는 망나니입니다

검지는 중지로부터 도망하려는 사형수입니다
가끔씩 역할이 바뀌기도 하지만

쓸모없으니 벌목되라는 외침은
여전히 서로에게 저주입니다
—「접목」 부분

"접목"은 에로스의 기술이다. 그것은 이질적인 것들을 하나로 합쳐 차이를 없앤다. 그것은 개체들을 동일성의 지평에 놓음으로써 갈등을 지운다. 에로스의 세계에서 주체와 대상은 서로에게 녹아 들어가 타자가 된다. 화자는 "가위도 바위도 필요 없"는, 모두가 하나인 상태를 만들고자 한다. 그러나 그것은 원천적으로 불가능하다. 시인이 볼 때, 세계를 지배하는 것은 인력引力이 아니라 척력斥力이다. 중지와 검지는 서로 죽이고 도망치는 역할 속에서만 존재한다. 그것은 이별과 절단과 분리를 지향하는 타나토스의 어둡고 슬픈 자녀들이다. "쓸모없으니 벌목되라는 외침"은 노아 서사에 나오는 신의 저주를 다시 연상시킨다. 중지와 엄지는 그런 신의 현전 앞에서 서로 치고받는 죽음 본능의 희생자들이다. 접목을 의도한 공간이 타자 살해의 공간으로 바뀌는 것은 바로 세계의 가장 큰 외곽에 존재하는 현전의 절대적인 목소리 때문이다.

나는 땅과 하늘이 입맞추는 세계를 사랑했습니다 그러나

세계는
정수리부터
붕괴된다!

붕괴된다!

지금 우리는 산산조각이야

…(중략)…

별들이 비우박처럼 쏟아지네 주워 먹었다가는 배탈이 나고 말 거야
이것은 재앙, 죽은 목숨들의 피날레 쇼, 뿌리를 약탈하는 흙더미

신이 있다면 이곳에 누워 실타래나 마저 감아라 우지끈

직조된 하늘을 북북 찢어도 아무것도 죽어지지 않아
모든 것이 무너지나 그 누구도 떠나지 않는 세계 쾅 쾅 쾅
—「이십일 세기 천지창조」 부분

"천지창조"라는 제목 속의 말과 달리 이 시의 내용물들은 모두 "산산조각" 나고 있다. 앞의 시에서와 마찬가지로 이 작품에서도 세계는 분리, 절단, 파괴, 죽음의 타나토스를 향해 있다. 시인이 볼 때, 태초의 천지창조와 달리 "이십일 세기"의 천지창조는 "죽은 목숨들의 피날레 쇼"이다. 죽음이 창조라니. 시인이 볼 때, 이십일 세기는 역설을 순리로 형용모순을 현실로 만드는 시대이다.

분분히 휘돌며 떨어지는 얼굴들 사이로 사뿐히 내려앉는 거대한 손, 뼈대가 곧고 살갗이 희어서 아름답다고 말하고 싶었고 나는 손을 손으로 감싸쥐며 그것을 바라보았다. 이윽고 저것만을 손이라고 부르기로 결정하자 잘 정리된 거대한 손톱이 나에게 생긋 웃어주었다. 그러자 팔꿈치에서 두 뼘 정도 아래쯤은 손쉽게 잘라 내버릴 수 있을 것도 같아지는데, 내가 골몰하는 사이 저기 저 말끔하고 아름다운 손가락들이 주워든

돌로 된 선언문 속
열 가지 약속들

엄숙히 낭독되는 내내 나의 초라한 가장자리에서 얼굴들은 끝없이 툭 툭 잘려나간다. 사랑으로 지키겠노라! 흙과 흙 사이의 틀어진 시간들을 전부 회복하고 넝마가 된 저 모든 토양을 되살리겠노라!

우렁우렁 합창하는 입술들, 왜 떨어져 나간 것들에게서 가장 큰 목소리가 들리지?

— 「추수감사주일」 부분

복잡해 보이지만, 이 작품에서 화자는 추수감사주일 예배라는 제도의 깊은 내면을 들여다보고 있다. "돌로 된 선언문 속/ 열 가지 약속들"은, 모세가 신에게서 받은, 돌판에 새겨진 십계명, 즉 현존의 '말씀들(로고스)'이다. 그러나 모세가 시내산에서 받은 야훼("거대한 손")의 말씀은 결여-존재들을 하나로 묶지 못한다. 로고스가 울려 퍼지는 현장에서 생산되는 것은 '말씀'으로 잘 '통합된(에로스적) 주체unified subject'가 아니라 '분열된(타나토스적) 주체split subject'들이다. "끝없이 툭 툭 잘려" 나가는 "얼굴들"이야말로 분열된 주체들이 아니고 무엇인가. 21세기의 현세는 '말씀'으로도 통합되지 않는 타나토스의 자녀들로 이루어져 있다. 그들은 분열된 시간("틀어진 시간들")을 회복하고 "넝마가 된 저 모든 토양을 되살리겠노라"고 외치지만, 그것은 오로지 "가장 큰 목소리"로만 남는다. 그들의 목소리가 커지는 이유는 그것이 잘 이루어지지 않기 때문이다.

3

지금까지의 논지를 개념적으로 요약해보면, 김진솔 시인의 철학적 토대는 포스트구조주의의 그것에 가깝다. 시인은 포스트구조주의자들처럼 절대적인 진리와 통합된 주체의 존재에 근거한 현전의 형이상학에 도끼를 갖다 댄다. 그녀에겐 이런 싸움이 너무나도 끔찍하다. 믿을 만한 중심과 안정된 주체가 있다면 얼마나 편안할까. 주체가 초점이 잘 맞추어진 렌즈 같다면 얼마나 다행일까. 결여-존재가 대문자 주체와 행복한 화해 속에 있다면 얼마나 평화로울까. 그러나 시인이 볼 때, 현실은 이것과 정반대이다.

깎여 나가는 손끝 살들의 비명이 들려와요
그건 왠지
합창 같아요

자라난다는 건 무언가를 밀어낸다는 것
흠 없이 밀려나온 홈들은 불태워 마땅합니다
—「시한탄」 부분

에로스적 주체에게 "자라난다는 것"이 축적이라면, 타나토스적 주체에게 그것은 잘라내고 밀어내는 것이다. 분열된 주체에게 합쳐지고 쌓아져 새로운 것을 만들어내는 생산적 과정이란 없다. 그것에게 남아 있는 것은 계속 잘라내고 버리고 깎고 밀어내는 것밖에 없다. 그녀의 사유가 주로 죽음 혹은 세계의 끝에 가 있고, 그녀의 시선이 주로 타나토스의 가동 방식에 가 있는 이유가 바로 이 때문이다.

뿌리 잘린 나무들이
골짜기의 허리를 베고 누우면
도끼 자국이 선명한 밑동 위에 웅크리는 우리
물소리는 점점 선명해지고 비라도 오는 날에는

내가 널 데리고 저 위로 도망치고 싶어하는 동안
너는 날 데리고 급류 아래로 도망치고 싶어했다

몸과 마음을 더듬는 어떤 형태의 은총
내가 흙바닥에 누운 채 없는 천장을 바라보는 동안
너는 축축한 손가락으로 내 발가락을 만지작거렸고

물은 점점 불어나

이제 바위에 걸터앉으면 발을 담글 수 있다
하늘로부터 황금의 사다리 대신 장맛비가 내려오고

오늘은 나에게 재앙이며 너에게는 재림의 날
그새 노가 완성되었구나 저기 저 나무의 죽음이
물속에서 숨 쉴 수 없는 날 위한 너의 고백임을 안다
—「방주」 부분

제목의 "방주"는 당연히 노아 서사에 등장하는 그 배이다. 그것은 결여-존재들에 대한 심판과 구원의 양면성을 가지고 있는 기표이다. 이 작품에서 심판과 구원의 대서사를 바라보는 시인의 태도는 "나"와 "너"로 분열된다. "나"에게 대홍수는 "재앙"이며, "너"에게 그것은 "재림"이다. 이것은 현전의 형이상학을 대하는 내면의 두 가지 태도를 보여준다. 내 안엔 로고스의 진리성을 수용하려는 주체와 그것을 부정(거부)하는 주체가 동시에 존재한다. 전자는 "물속"으로 기꺼이 들어가 대홍수의 논리를 받아들이고, 후자는 물 "위로 도망치고 싶어"한다.

발화하지 않는 혀, 잘린 혀, 우리는 사랑의 이름으로 서로의 입을 벌려 아름다움을 밀어 넣었지 숨이 막혀 죽지 않도록 뿌리의 단면

을 손가락으로 단단히 집은 채로 뜨거운 몸속으로 맑게 흘러 들어가는 사랑을 느꼈어

—「고드름이 열리는 호숫가에서」 부분

절대적인 진리, 통합된 주체의 존재에 대한 회의는 결국 투명한 매체로서의 언어에 대한 회의로 연결된다. 시인이 볼 때, 언어는 세계를 있는 그대로 재현하지 못한다. 언어는 현실을 담는 투명한 매체가 아니라 그것을 굴절하고 왜곡하는 매체이다. 이글턴T. Eagleton의 표현을 빌리면, 언어는 평면거울이 아니라 찌그러진 거울 혹은 깨진 거울이다. 그러므로 분열된 주체는 절대적인 진리, 로고스, 현존에 대하여 말할 수 없다. "발화하지 않는 혀, 잘린 혀"야말로 분열된 주체의 말 못하는 혀, 왜곡하는 언어, 굴절하는 언어이다. 절대적인 진리와 통합된 주체와 투명한 매체로서의 언어가 존재하지 않는 세계에서 분열된 주체들은 "서로의 입을 벌려 아름다움을 밀어 넣"는 것 외에 달리 할 수 있는 '사랑'이 없다. 이 작품은 현전의 철학을 깨부순 자리에 남은 분열된 주체의 고통스러운 사랑의 방식을 그리고 있다.

이렇게 보면, 이 시집은 분명하게도 절대적인 진리, 통합된 주체, 투명한 매체로서의 언어 개념 모두를 의심하는 반反형이상학의 자리에 서 있다. 시인은 그 프레임의

면 외곽에 신을, 그리고 신으로부터 잘려 나간 주체를 그 반대편에 배치한다. 그 사이에서 일어나는 영혼의 전쟁은 치열하고, 끔찍하고, 아프다. 그러나 시인은 그 사유의 어떤 파편들도 함부로 버리거나 포기하지 않는다. "잘린 혀"를 "서로의 입"에 밀어 넣는 행위야말로 타나토스가 지배하는 상징계에서 무력한 주체가 할 수 있는 최대한의 사랑이 아니고 무엇인가. 끝

달아실 기획시집 26

흔적 기관

1판 1쇄 발행 2023년 7월 28일

지은이 김진솔
발행인 윤미소
발행처 (주)달아실출판사

책임편집 박제영
디자인 전부다
법률자문 김용진, 이종진

주소 강원도 춘천시 춘천로 257, 2층
전화 033-241-7661
팩스 033-241-7662
이메일 dalasilmoongo@naver.com
출판등록 2016년 12월 30일 제494호

ISBN 979-11-91668-80-3 03810